AF467279

LETTRE

DE

GABRIELLE D'ETRÉES

A HENRI IV.

PRÉCÉDÉE D'UNE ÉPITRE

A M. DE VOLTAIRE ET DE SA RÉPONSE.

Par M. BLIN DE SAINMORE.

A PARIS,

De l'Imprimerie de SÉBASTIEN JORRY, rue & vis-à-vis la Comédie Françoise, au Grand Monarque & aux Cigognes.

M. DCC. LXVI.

Avec Aprobation.

AVERTISSEMENT.

RIEN de plus intéressant que le Sujet de cette Héroïde : c'est l'éloge d'un Roi dont la mémoire sera toujours chère à la France. Il sufit de nomer HENRI IV. pour exciter dans tous les cœurs l'intérêt le plus vif, & c'est peut-être à ce nom seul que je dois la préférence que plusieurs persones donent à ce Poëme sur mes autres ouvrages du même genre. Lorsqu'à la mort du dernier DUC DE BOURGOGNE, il a été permis au Peuple d'entrer dans les caves de S. Denis, on a remarqué que persone ne s'aprochait du cercueil d'HENRI IV. qu'avec un respect mêlé d'atendrissement. Un home né parmi des Peuples idolâtres demanda, en arivant à Paris, si HENRI IV. n'y avait point de temple : On lui répondit que ce Monarque n'en avait jamais eu que dans le cœur de tous les Français. La France n'eſt pas le ſeul païs où ſa mémoire ſoit honorée : j'ai conu des Etrangers qui m'ont avoué qu'en paſſant ſur le Pont-Neuf, ils étaient ſouvent tentés de ſe proſterner devant ſa Statue. LOUIS XIII. (dit l'Auteur de l'Eſſai ſur l'Hiſtoire Univerſelle) fut ſurnomé LE JUSTE, parce qu'il était né ſous le Signe de la Balance : HENRI IV. fut ſurnomé LE GRAND, à cauſe de ſa valeur, & ſurtout à cauſe de ſon caractère de clémence & de bonté.

PARMI les Rois qui ont gouverné la France, deux ſeulement me ſemblent avoir aquis une réputation plus éclatante & plus durable que les autres : LOUIS XII. & LOUIS XIV. Le premier, ſecondé par le Cardinal d'Amboiſe, ne voulait que le bonheur de ſes Sujets : mais peut-être n'a-t-il pas réuni toutes les qualités brillantes & quelquefois funeftes qui éblouiffent dans les Héros : ce fut un des meilleurs Princes qui aient régné fur les Homes. Le fecond, précédé par le Cardinal de Richelieu, porta la grandeur françaife à fon dernier période : mais cette grandeur coûta bien cher à la Nation; il a facrifié trop fouvent fon bonheur à fa gloire : ce fut un des plus grands homes qui aient étoné l'Univers. HENRI IV. a fu réunir & la bonté de l'un & la grandeur de l'autre.

JE trouve beaucoup de reffemblance entre ce Prince & Céfar. Tous deux étaient Grands, Bons, Clémens, Braves, Généreux & Senfibles ; tous deux ont fait des Comentaires *,

* On ignore affez comunément qu'à l'exemple de Céfar, HENRI IV avait comencé des Comentaires fur fes Campagnes. On m'a affuré que ce Manufcrit, trouvé dans fes papiers, était actuellement dans le Cabinet du Roi.

& tous deux ſont morts aſſaſſinés. Céſar combatit pour uſurper le Trône : HENRI IV. pour monter ſur celui qui lui apartenait ; l'un fut ſuivi de LOUIS XIV. dont le ſiécle fut le plus brillant de la Monarchie Françaiſe : l'autre de Céſar-Auguſte, qui porta l'Empire Romain au comble de la ſplendeur. On a dit quelque part que l'Etre le plus parfait qui aît éte formé par la Nature était ſans contredit Céſar : on pourait y ſubſtituer HENRI IV.

CE Monarque avait toutes les qualités néceſſaires pour gouverner ſes Peuples & pour les rendre heureux. Come il était né très-ſenſible, l'Amour devint naturellement ſa ſeule faibleſſe. Mais quelqu'aſcendant que cette paſſion eût ſur lui, elle ne lui fit jamais cometre une injuſtice. L'on ſait aſſez avec quelle fermeté & quelle conſtance il défendit Sulli des intrigues de ſes Courtiſans & de ſes maîtreſſes qui cherchaient à perdre ce Miniſtre dans ſon eſprit. Perefixe, Evêque de Rodez & Précepteur de LOUIS XIII. a écrit la vie d'HENRI IV. Il y a peu d'hiſtoires qui, écrites d'un ſtyle ſurané, ſe faſſent lire avec autant de plaiſir ; il y régne une onction qui atache juſqu'à la fin ; on y eſt intéreſſé dans les plus petits détails.

DE toutes les femmes qu'HENRI IV. a aimées, celle qui, dans ſa vie, a joué le rôle le plus brillant, celle qui lui a été la plus chère, c'eſt Gabrielle d'Etrées ; c'eſt auſſi celle que j'ai choiſie pour l'héroïne de mon ouvrage. Quoique la grandeur des Rois paraiſſe anoblir juſqu'à leurs faibleſſes, je n'aurais point atiré l'atention, ſi je n'avais peint Gabrielle que come la maîtreſſe d'un Roi uniquement ocupée de ſes amours : mais une femme qui, témoin d'un régne auſſi barbare que celui de CHARLES IX. ſe rapelle au lit de la mort toutes les horreurs qu'elle a vues, & y opose les actions généreuses d'HENRI IV. n'a-t-elle pas droit d'intéresser le cœur de tout Français? On me reprochera peut-être quelques anacronismes : mais je n'ai rien à répondre, sinon que j'écris en vers, & que la vraisemblance est la seule vérité des Poëtes. La dificulté de rendre tous ces récits vraisemblables me done des droits sur l'indulgence des Lecteurs.

QUELQUES persones auraient desiré que, dans ce Poëme, Gabrielle d'Etrées n'eût parlé que de son amour ; elles ont pensé que sa passion devait seule faire l'ame de cette Héroïde : mais j'ai craint qu'alors cet Ouvrage ne rentrât pour le fond dans la foule des Lètres amoureuses ; il m'a semblé qu'il était plus intéressant de faire un tableau vif & touchant du régne d'HENRI IV. & que, pour augmenter encore l'intérêt, je devais l'ofrir au Public dans

dans la bouche d'une maîtresse tendre & passionée, à l'instant même où elle est prête à se séparer pour jamais du héros qu'elle aime.

J'ai toujours distingué plusieurs sortes d'Héroïdes : l'Héroïde de situation, come celle de CHARLES I. à Cromwel & celle de Calas ; l'Héroïde de passion, come celles d'Héloïse & de Biblis. L'une doit être vive, courte & rapide : l'autre, étant le dévelopement d'un cœur combatu par deux passions contraires, doit avoir plus d'étendue. J'ai tâché, autant que le Sujet me l'a permis, de réunir dans Gabrielle d'Etrées les avantages des deux genres.

EN adressant à M. de Voltaire l'Epître qui précéde cette Héroïde, je n'ai point prétendu mendier le sufrage de ce grand home : mon dessein n'a été que de rendre homage à celui de tous les Ecrivains qui, par l'univerſalité de ſes talens, a fait ſans contredit le plus d'honeur aux Lettres. N'eſt-il pas juſte, après tout, de dédier un Ouvrage, où il eſt queſtion d'HENRI IV. au génie fameux qui, par le ſeul Poëme que la France avoue, a immortaliſé les vertus de ce grand Roi?

COME les Vers, par leſquels cet illuſtre Poëte a bien voulu répondre aux miens, ont couru manuſcrits & ſont conus de tout le monde, je n'ai point fait dificulté de les faire paraître ici. La critique qu'ils contiennent done un nouveau prix aux éloges qui l'acompagnent, & j'ai cru ne pouvoir mieux lui témoigner ma reconaiſſance qu'en travaillant à profiter de ſes conſeils.

*

EPITRE
A M. DE VOLTAIRE.

O toi, dont le brillant génie,
Près de Corneille & de Milton,
Tient le ſceptre de l'harmonie,
Et vole aux Cieux avec Neuton,
Folâtre & ſage Anachorète,
Qui, ſur le plus aimable ton,
Fais revivre dans ta retraite
Chaulieu, Démocrite & Platon, *
Ami des Rois, Amant des Grâces,
Permets que de ta gloire épris,

* Les diférens caractères de ces trois Philoſophes ſont aſſez conus : le premier chantait la volupté ſur le ton le plus ſéduiſant ; le ſecond s'amuſait à rire de la folie des homes, & le troiſiéme déploïait dans ſes écrits la morale la plus ſublime.

J'ose célébrer sur tes traces,
Le plus fameux de nos Henris.
De la sensible Gabrielle
Tu chantas les premiers plaisirs :
Protége-la ; sois-lui fidèle
Jusques à ses derniers soupirs.
Ton esprit, toujours sûr de plaire,
Sublime & plaisant tour-à-tour,
Semblable au feu du Dieu du Jour,
Et nous échauffe & nous éclaire.
Heureux, qui loin de ce séjour,
Loin des orages de la Cour,
Et loin du soufle de l'Envie,
Come toi ressent chaque jour
L'ivresse de la Poësie
Avec l'ivresse de l'Amour !

Ainsi que le divin Homère,
Au plus haut du Pinde monté,
De ton génie illimité
Tu fais parler l'Europe entière ;

Mais, de la triste humanité,
Ce Chantre heureux n'a pas été,
Ainsi que toi, le tendre père. *
Ah! plaignons un Fou studieux
Dont l'ame sensible & volage
S'exhale en sons mélodieux,
Et qui, par un vain étalage,
De la sagesse, à tous les yeux,
Sans cesse fait briller l'image
Dans ses écrits ingénieux,
Et n'en devient jamais plus sage:
On doit agir come les Dieux,
Quand on fait parler leur langage.
Si le destin m'avait fait Roi,
Que mon plaisir serait extrême
De faire asseoir au rang suprême

---

* On sait que la plupart des écrits de M. de Voltaire respirent l'humanité, & l'on n'ignore pas les services que ce grand home a rendus à la famille de Corneille & à celle de Calas.

Un Philoſophe come toi !
Mais que t'importe la chimère
De ces brillans & vains honeurs ?
Paris a cent mille Seigneurs,
Et l'Europe n'a qu'un Voltaire.
Guide mon vol audacieux,
Et, des rives de l'Hipocrène,
Porte mon char au haut des Cieux.
Ma Muſe a beſoin d'un Mécène :
Le jeune Lière, ſans apui,
Triſtement rampe ſur l'arène ;
Mais, ſoutenu par un vieux chêne,
Le Lière aux Cieux monte avec lui.
Pour toi, dans les routes divines
Des beaux Jardins du Dieu des Vers,
Les roſes naiſſent ſans épines,
Et les lauriers ſont toujours verds :
Pour moi, dès qu'un eſpoir funeſte
Me fait aprocher de ces lieux,

La roſe fuit, l'épine reſte,
Et le laurier ſéche à mes yeux.
Il eſt vrai, d'illuſtres ſufrages
Ont honoré mes jeunes ans :
Le ſuccès des premiers ouvrages
Fait quelquefois tous nos talens.
Semblable au papillon volage
Qui, fidèle en ſes goûts légers,
Quite l'œillet, pour rendre homage
Aux moindres fleurs de nos vergers :
De même, aveugle en ſa manie,
Le Public a ſouvent quité
Un grand home, pour un Génie
Qui n'avait que la nouveauté.
Flaté de la faveur légère
Dont on a daigné m'acueillir,
D'une careſſe paſſagère
Je ne ſais point m'enorgueillir.
Ainſi toujours cherchant à plaire,
J'aſpire à des ſuccès nouveaux ;

Ce n'eſt qu'en tâchant de mieux faire
Que je veux nuire à mes rivaux.
Loin que ma Muſe s'en impoſe,
Je ſais le prix de mes travaux ;
Mais, Voltaire, juge ma cauſe :
Peut-on ſentir ce que tu vaux,
Et ne pas valoir quelque choſe ?

RÉPONSE

RÉPONSE
DE
M. DE VOLTAIRE.

MON amour-propre eſt vivement flaté
De votre écrit : mon goût l'eſt davantage.
On n'a jamais, par un plus doux langage,
Avec plus d'art, bleſſé la vérité.

POUR Gabrielle, en ſon apoplexie,
D'aucuns diront qu'elle parle longtems :
Mais ſes diſcours ſont ſi vrais, ſi touchans,
Elle aime tant qu'on la croirait guérie.

TOUT Lecteur ſage avec plaiſir véra
Qu'en expirant la belle Gabrielle
Ne penſe point que Dieu la damnera,
Pour trop aimer un Amant digne d'elle.

AVOIR du goût pour le Roi Très-Chrétien,
C'eſt œuvre pie : on n'y peut rien reprendre.
Le Paradis eſt fait pour un cœur tendre,
Et les Damnés ſont ceux qui n'aiment rien.

LETTRE
DE
GABRIELLE D'ETRÉES
A HENRI IV.

DANS ce calme éfraïant, où la douleur moins vive
Retient chez les humains mon ame fugitive,
Où, ſuſpendu ſur moi, le glaive de la Mort
S'aprête à terminer mes tourmens & mon ſort,

Où, de ce Dieu vengeur, que je crains & que j'aime,
J'atens, en frémissant, la Sentence suprême,
Il m'est encor permis (1) de tracer à tes yeux
Mes derniers sentimens & mes derniers adieux.

Tu sais combien l'Amour, égarant ma faiblesse,
Dans de foles erreurs a plongé ma jeunesse;
Tu sais combien de fois, armé de vains éforts,
Mon cœur, prêt à se rendre, étoufa ses transports;
Je résistai longtems : mais ce jour favorable,
De clémence & de gloire exemple mémorable,

---

(1) Pendant qu'Henri IV. était à Fontainebleau, Gabrielle d'Etrées, entendant les Ténébres du Mercredi Saint en 1599. dans l'Eglise de Saint Julien des Ménestriers à Paris, se sentit tout-à-coup frapée d'apoplexie. On la transporta dans une maison voisine. Elle se trouva beaucoup mieux; les Médecins mêmes comencèrent à en espérer : mais le Samedi suivant, elle ressentit une autre ataque dont elle mourut. C'est dans l'intervale de ces deux ataques arivées en 4 jours qu'elle est suposée adresser cette Epître à Henri IV. Il est naturel, ce me semble, que, les plus fortes douleurs calmées, sa première pensée soit d'écrire à son Amant.

Ce jour, (2) où contre toi tes Peuples révoltés,
Défiant ton courage & bravant tes bontés,
Se laissaient consumer par la faim dévorante;
Où, sensible aux clameurs d'une ville expirante,
Tu voulus de ton peuple oublier les forfaits;
Où Paris étoné vécut de tes bienfaits;
Ce triomphe, où si grand tu parus si modeste,
Vint à mon faible cœur tendre un piége funeste.
Hélas! je vis ce cœur sans cesse combatu,
Infléxible à tes feux, se rendre à ta vertu.
Qui pourait résister à de si nobles charmes?
Paris te courona: je te rendis les armes;
Et ta clémence enfin, utile à tes projets,
Te fit vaincre en un jour mon cœur & tes Sujets.

OUI, ce fatal instant, marqué par ma faiblesse,

---

(2) La réduction de Paris. Cette ville périssait par la famine. Henri IV. qui l'assiégeait fut atendri de son sort & la secourut. Les Parisiens, touchés d'une si grande générosité, tombèrent aux pieds d'Henri IV. & se rendirent. Ce n'est pas la seule fois que ce Prince fit éclater sa bonté dans les combats. On sait qu'après la bataille de Coutras, il rendit aux vaincus le butin & les prisoniers.

Dans mon esprit confus, se retrace sans cesse;
Sans cesse le plaisir, repoussant le remord,
Vient mêler ses atraits aux horreurs de la mort.
Je crois encor te voir; je crois encore entendre
Les sons de cette voix si flateuse & si tendre.
Je revois ces bosquets, ce dangereux séjour, (3)
Formé par la Nature, embéli par l'Amour,
Où le soufle léger du jeune Amant de Flore
Opose, aux feux du jour, la fraîcheur de l'aurore;
Où l'art industrieux fait briller à la fois
Le luxe des plaisirs & le faste des Rois;
Où, sur un lit de fleurs, au sein de l'opulence,
La molesse s'endort dans les bras du silence.
Je t'apelle... ta voix répond à mes accens;
Les flâmes de l'amour embrâsent tous mes sens;
Je brule, je frémis... ta mourante maîtresse,
En craignant les plaisirs, s'y plonge avec ivresse.

---

(3) Anet, séjour délicieux sur les bords de l'Eure. Ce Château avait apartenu à Diane de Poitiers, maîtresse d'Henri II. On y voit encore ses armes. Gabrielle l'ocupa ensuite; & c'est, je crois, à la Maison du Maine qu'il apartient aujourd'hui.

QUELLE coupable erreur vient encor me tromper?
Ah! peignons-nous plutôt la mort prête à fraper :
Déja je l'aperçois... Déja ma tombe s'ouvre,
Et l'abîme éternel à mes yeux ſe découvre.
Quelle afreuſe clarté luit au milieu des airs!
Qui briſe ſous mes pas les portes des Enfers?
Ciel! quels feux dévorans!... Que de cris!... Gabrielle!..
Quelle terrible voix ſous ces voutes m'apelle?
Je te vois, ô mon Juge, & de ton Tribunal
J'entens, avec éfroi, ſortir l'arêt fatal.
Dans quel goufre enflamé ta juſtice éternelle
Entraîne des humains la foule criminelle?
Un inſtant de faibleſſe & les plus grands forfaits
Sont-ils, aux mêmes maux; condamnés pour jamais?
Mon Dieu, punirais-tu dans tes arêts ſévères,
Par des maux éternels, des fautes paſſagères?

HÉ quoi! tous ces plaiſirs ſi doux, ſi pleins d'atraits,
Précédés par la crainte & ſuivis des regrets,
Ne laiſſent dans nos cœurs qu'une triſteſſe amère!
Du bonheur des Humains voilà donc la chimère!
Dieu terrible! eh! quels ſont vos prétendus bienfaits?
Ne nous donez-vous donc que des biens imparfaits?

A mes pleurs, à mes cris ſeriez-vous infléxible?
Puniriez-vous mon cœur d'avoir été ſenſible?
Eſt-on ſi criminel en aimant à la fois
Le plus grand des Humains & le meilleur des Rois?
Oui, de votre bonté mon amant eſt l'image:
Hélas! aimer Bourbon, c'eſt aimer votre ouvrage.
N'eſt-ce pas vous, Grand Dieu, dont le bras tout-puiſſant,
Deux fois ſauvant ſes jours du glaive menaçant, (4)
Le conduiſit vainqueur au Trône de ſes pères?
Par vous, ſa foi ſoumiſe au joug de nos myſtères
Des enfans de Calvin abandona l'erreur,
Et la grace des Cieux deſcendit dans ſon cœur.

CHER Amant, cher objet de ma faibleſſe extrême,
Tu vois, par mes combats, à quel excès je t'aime;
Si d'une égale ardeur tu fus jamais épris,
J'oſe de mon amour te demander le prix.

---

(4) Henri IV. avait manqué deux fois d'être aſſaſſiné par Barrières & Châtel. Ce fut dans la chambre de Gabrielle d'Etrées qu'en 1595. Le dernier de ces deux Scélérats s'introduiſit pour cométre ce parricide.

Ce n'eſt pas que, briguant le vain titre de Reine, (5)
Je veuille à tes côtés m'aſſeoir en Souveraine,
Ou qu'admiſe au Conſeil, ou réglant le Sénat,
J'aſpire à gouverner les rênes de l'Etat;
Dans la nuit de la tombe, hélas! prête à deſcendre,
D'Etrée à tes grandeurs n'a plus rien à prétendre :
Mais ſi ſouvent ma voix, propice aux malheureux,
En te peignant leurs maux, t'intéreſſa pour eux;
Si je puis eſpérer que, pour grace dernière,
Tu prêteras encor l'oreille à ma prière :
Sur mes triſtes enfans, Henri, tourne les yeux;
Vois de nos tendres cœurs ces gages précieux,
Que la Nature avoue & que la Loi rejète;
Formés du ſang des Rois au ſein de ta Sujète,
Ces inocens vers toi lévent leurs faibles mains;

---

(5) Henri IV. fit Gabrielle d'Etrées, Ducheſſe de Beaufort. Il lui promit de l'épouſer & de légitimer ſes enfans. Il était même prêt à exécuter ce deſſein, lorſqu'elle mourut. Il eut d'elle deux fils & une fille : Céſar, Duc de Vendôme, Alexandre, Grand-Prieur de France, mort priſonier d'Etat, & Henriette qui fut mariée à Charles de Lorraine, Duc d'Elbeuf.

Daigne, en les adoptant, veiller ſur leurs deſtins.
Véras-tu tes enfans, rebut de la fortune,
Traîner dans les afronts une vie importune?
Véras-tu ſans pitié des Princes de ton ſang,
Dans la foule inconus, ramper au dernier rang?
Peux-tu, les puniſſant des fautes de leur mère,
Les priver du plaiſir de conaître leur père?
Je ne demande point que, placés après toi,
Ils écartent du Trône un légitime Roi:
Funeſte ambition, injuſtice cruelle,
Non, vous ne régnez point au cœur de Gabrielle.
Ah! c'eſt aſſez pour moi qu'élevés par tes ſoins,
De tes rares vertus mes enfans ſoient témoins;
Qu'ils ſachent qu'en tous tems, fidéles à leurs Maîtres, (6)
La France, au champ de Mars, vit périr mes ancêtres,
Et qu'ils puiſſent, comme eux dédaignant le repos,
S'ils ne ſont pas des Rois, être un jour des Héros.

---

(6) Gabrielle d'Etrées d'une anciene Maiſon de Picardie, étoit fille & petite-fille d'un Grand-Maître d'Artillerie. Henri IV. dona au Comte d'Etrées ſon père le Gouvernement de Noyon.

Hélas ! ce n'eſt pas-là le ſeul ſoin qui me preſſe :
Ta bonté, ſur leur ſort, raſſure ma tendreſſe :
Mais, ſi je puis enfin t'expliquer ma terreur,
Tout ici devant moi ſe peint avec horreur.
Avant que pour jamais la mort ferme ma bouche,
Il faut que, révélant un ſecret qui te touche,
Je diſe ce qu'un ſonge ofre à mes triſtes yeux.
Un ſonge bien ſouvent eſt un avis des Cieux.
A peine du ſomeil la faveur paſſagère
Vient ſuſpendre mes maux & fermer ma paupière,
Qu'à mes yeux éfraïés un Spectre menaçant
Sort du fond de la tombe & jète un cri perçant.
Un Sceptre eſt à ſes piés. La mort, qui l'environe,
De ſes voiles afreux envelope le Trône.
Que vois-je, m'écriai-je ? Ah ! Valois, eſt-ce vous ?
» Oui, c'eſt moi, me dit-il, qui tombai ſous les coups
» D'un Peuple qu'un faux zéle a conduit dans le crime.
» Grand Dieu, fais que j'en ſois la dernière victime.
Le Spectre fuit : tout change ; & mon œil étoné
De tes nombreux Sujets te trouve environé.
Mais, tandis qu'enivrés de tendreſſe & de joie

Tous les cœurs au plaisir s'abandonent en proie,
Soudain, armé d'un fer, un Monstre furieux
Vient, vole, aproche, frape... & tout fuit à mes yeux.

De la Ligue, en un mot, crains l'hidre menaçante.
Dans l'ombre de la nuit sa tête renaissante
Se cache, en méditant des projets pleins d'horreur;
Son repos est à craindre autant que sa fureur.
Ecarte, loin de toi, ces Moines politiques
Qui, sous un front timide esclaves despotiques,
Fameux dans l'art de feindre & prêts à tout oser,
Ne rampent près des Rois que pour les maîtriser.
Crains qu'un autre Clément, du sein de la poussière, (7)
Ne puisse quelque jour de sa main meurtrière,
Croïant venger l'Eglise & méprisant ses loix,
Te joindre dans la tombe au dernier des Valois.

Je sais que le Français est né doux & sensible;
Que son ame aux vertus n'est point inaccessible;
Que son cœur aisément se laisse désarmer,
Et qu'il aime ses Rois, autant qu'il peut aimer:

---

(7) On veut parler ici de Clément, Jacobin, qui ssa ssina Henri III. à S. Cloud.

Mais je ſais bien auſſi juſqu'où le Fanatiſme
Sur l'eſprit des humains étend ſon deſpotiſme.
Peins-toi ce jour afreux à l'horreur conſacré ;
Vois parmi les mourans Coligny maſſacré ;
C'eſt là que, ſous les coups & la haine de Rome,
Traîné dans la pouſſière expira ce grand home.
Entens-tu ces clameurs, ces lamentables cris ? (8)
Vois le ſang, à grands flots, ruiſſelant dans Paris ;
Reconais à ces traits, dont frémit la Nature,
De nos Prêtres cruels (9) la funeſte impoſture.

BARBARES, arêtez... ô Ciel !... où courez-vous ?

---

(8) Le maſſacre de la S. Barthelemi.

(9) L'Auteur ſe flate qu'on lui fera la grace de croire qu'il n'a aucun deſſein de faire rejaillir ſur les Ecléſiaſtiques de nos jours les reproches que fait Gabrielle d'Etrées à ceux du ſeiziéme Siècle. Se pourait-il que ſous un régne où ils ſont les Sujets les plus fidéles & les Citoïens les plus paiſibles, il les ſoupçonât capables des horreurs qu'ils ſont eux-mêmes les premiers à combatre ? Graces au Ciel ! les Prêtres & le Peuple ſont changés.

Quoi! le meilleur des Rois tomberait ſous vos coups!
Arêtez .... Si le meurtre a pour vous tant de charmes,
Tournez contre mon ſein vos parricides armes;
Baignez-vous dans mon ſang, frapez, déchirez-moi,
Frapez... mais reſpectez les jours de votre Roi.
Mais que dis-je? ô Français, vous ſentez mes alarmes;
De vos yeux atendris je vois couler des larmes;
Vous frémiſſez... vos ſens ſont ſaiſis de terreur:
Pour comètre ce crime, il vous fait trop horreur.
Non, vous ne portez point des cœurs auſſi barbares;
Qui ſerait inſenſible à des vertus ſi rares?
Peuple, aimez-le toujours: que toujours ſes bienfaits
Soient gravés dans votre ame; ah! n'oubliez jamais
Ce jour ſi fortuné, ce jour où ſa vaillance,
Pouvant vous acabler, fit place à ſa clémence,
Et laiſſa dans vos pleurs éteindre ſon couroux;
Où, ſatisfait de voir ſon Peuple à ſes genoux,
Touché de vos regrets & de votre tendreſſe,
» Tout vous eſt pardoné, vous diſait-il ſans ceſſe,
» Mes Peuples, mes enfans, ô Français valeureux,
» Je ne vous combatais que pour vous rendre heureux.

Ne crains rien, cher Amant; va, crois-moi, la Nature
N'enfante point trois fois un cœur aſſez parjure,
Un Monſtre aſſez cruel pour tramer ce deſſein:
Qui d'un Prince ſi bon voudrait percer le ſein?
Henri, t'en ſouviens-tu? quand la Parque en furie
Ménaçait de couper la trame de ta vie,
Hélas! tout le fardeau du céleſte couroux
Parut en ces momens s'apeſantir ſur nous.
De quels cris douloureux nos temples retentirent! (10)
Tout s'émut, tout trembla, tous les cœurs s'atendrirent.
Mais tout changea bientôt, quand, vainqueur du trépas,
Tu vis l'abîme afreux refermé ſous tes pas.
Quels doux emportemens! la France avec ſon Maître
Des portes du tombeau ſemblait auſſi renaître.
Tu parus, & chacun voulut revoir ſon Roi;
Tout un Peuple, en pleurant, volait autour de toi;
Hélas! ſa douleur ſeule égala ſon ivreſſe:
Tout Français eut pour toi le cœur de ta maîtreſſe.
Par de nouveaux bienfaits reſſerre ce lien;

---

(10) Henri IV. tomba malade, & tout Paris trembla pour ſes jours. Il n'apartient qu'aux bons Rois de voir par ces épreuves combien ils ſont chers à leur Peuple.

Pourſuis. Que ſon bonheur ſoit à jamais le tien;
Que, parmi les Héros de ta race immortelle,
Louis douze à ton cœur ſerve en tout de modèle;
Qu'écrit en lettres d'or dans les faſtes des Cieux,
Son régne pour jamais ſoit préſent à tes yeux;
Des flateurs, come lui, redoute l'artifice;
Que, près de toi, la paix marche avec la juſtice;
Sous le poids acablant des ſubſides afreux,
Hélas! n'écraſe point tes Peuples malheureux;
Que, dans tous tes conſeils, la ſageſſe préſide;
Qu'en ton ame toujours l'humanité réſide;
Que dis-je? cher Amant, excuſe mon erreur:
Quelle eſt donc la vertu qui n'eſt point dans ton cœur?
Hélas! je m'en ſouviens: quand, déploïant ſes aîles,
La mort couvrait Paris de ſes ombres cruelles;
Quand, tout ſouillé de ſang, un Peuple factieux,
Sur des morts entaſſés, croïait monter aux Cieux;
Quand, le Chriſt à la main, nos Prêtres ſanguinaires
Excitaient les enfans à maſſacrer leurs pères:
» O Paris, diſais-tu, les yeux baignés de pleurs,
» Je ne puis à préſent que plaindre tes malheurs:
» Mais ſi jamais le Ciel, trompant mon eſpérance,

» Fait

» Fait tomber dans mes mains le Sceptre de la France ;
» Si du Maître des Rois l'immortelle clarté
» Fait, du ſein de l'erreur, ſortir la vérité ;
» Peuples que je chéris, ô Français, ô mes fréres,
» Qu'avec plaiſir ma main finira vos misères !
» Ah ! combien votre ſang me ſera précieux !
» Vous, que l'erreur conduit, Prêtres ſéditieux,
» Coupables Proteſtans, Catholiques rebelles,
» Sous un Roi réunis vous ſerez tous fidéles ;
» Dans les utiles jours d'une éternelle paix,
» J'enchaînerai vos cœurs par le nœud des bienfaits.

Barbares Partiſans de maximes iniques,
O vous, Rois orgueilleux, vous, Princes tyranniques,
Qui, ſignalant vos jours par de ſanglans projets,
Sous un Sceptre de fer acablez vos Sujets,
Venez, jétez les yeux ſur cet Empire immenſe,
Voïez-y ce Monarque : il tient par la clémence
Tous les cœurs de ſon Peuple enchaînés ſous ſes loix.
L'orgueil fait les Tyrans ; la bonté fait les Rois.

La bonté des Bourbons n'eſt point cette faibleſſe

Qui, fille de la crainte & sœur de la moleſſe,
Cède par indolence ou fuit par lâcheté,
Et qu'on brave toujours avec impunité :
C'eſt cette fermeté, c'eſt cette audace heureuſe,
Qui, quelquefois ſévère & toujours généreuſe,
Soulage d'une main les maux que l'autre a faits ;
Qui ne ſait ſe venger qu'à force de bienfaits ;
Qui, lorſque ſa victime à ſes coups s'abandone,
Au lieu de l'écraſer, s'atendrit & pardone.
O France ! c'eſt ainſi que, te voïant périr,
HENRI par la clémence a ſu te conquérir.

O toi, dont la ſageſſe éternelle & profonde
Fait rentrer au néant les Puiſſances du Monde,
Auguſte Protecteur des Peuples & des Rois,
Grand Dieu, du haut des Cieux entens ma faible voix ;
Par ma bouche aujourd'hui tout un Peuple t'implore.
Daigne abaiſſer les yeux ſur un Roi qui t'adore.
Si tu prévois qu'un jour un Sujet inhumain,
Dans un Sang auſſi cher, oſe tremper ſa main,
Que ce Monſtre, étoufé dans le ſein de ſa mère,
Jamais de ſes regards ne ſouille la lumière ;

Qu'il soit, s'il voit le jour, livré dès ce moment,
Avant d'être coupable, au plus afreux tourment ;
Que son corps déchiré, par ta main vengeresse,
Renaisse à chaque instant pour expirer sans cesse,
Et qu'enfin, sur la terre, il soit l'oprobre afreux
Des plus vils Scélérats de nos derniers neveux.

AH! si de l'avenir mon songe est le présage,
Si des maux, que je crains, il m'ofre ainsi l'image,
Oui, dans ce même instant qui me glace d'éfroi,
Du nombre des vivans, mon Dieu, retranchez-moi :
Mais si ce songe afreux n'est qu'un songe ordinaire,
D'un esprit éfraïé fantôme imaginaire,
Qui, né dans le someil, se dissipe avec lui,
O Mort, suspens tes coups, & permets aujourd'hui
Que, trop longtems témoin de ces tristes orages
Qui des Peuples Français ont troublé les rivages,
Je le sois des beaux jours qui vont briller sur eux.
Cher Amant, si le Ciel daigne exaucer mes vœux ;
Si j'en dois croire enfin ce que mon cœur m'inspire ;
Tranquile possesseur du plus heureux Empire,
Bientôt tu vas, bravant le sort & les revers,

Adoré de ton Peuple, & craint de l'Univers,
Térasser, sous tes pieds, la Ligue frémissante;
La France, par tes soins paisible & florissante, (11)
Véra sur les deux mers floter ses pavillons;
Les épis vont couvrir nos fertiles sillons;
Les Arts vont déploïer leur sublime génie;
Les Muses jusqu'aux cieux vont porter l'harmonie;
Et l'Europe, admirant ton regne & tes vertus,
Véra revivre en toi Jule, Auguste & Titus.
Peut-être par ses chants vérons-nous un Orphée (12).
Élever à ta gloire un superbe trophée;
Et Paris, étoné de sa vaste grandeur,
Poura de Rome un jour égaler la splendeur.
Qu'en te voïant heureux j'expirerais contente!
Mais le Ciel prend plaisir à tromper mon atente.

---

(11) Si HENRI IV. avait vécu plus longtems, la France aurait surement aquis sous son règne cet éclat qu'elle eut depuis sous celui de LOUIS XIV.

(12) Gabrielle d'Etrées, lisant dans l'avenir, veut, sans doute ici désigner la Henriade que les conaisseurs en Poésie métent au rang du petit nombre des chefs-d'œuvres de la vérsification française.

Puiſſe ce Dieu ſuprême, arbitre de nos jours,
A tes heureux deſtins acorder un long cours,
Verſer ſur tes Etats tous les bienfaits enſemble,
Et donner à nos fils un Roi qui te reſſemble!

ALORS qu'un ſoin preſſant t'aracha de ce lieu;
Je ne crus point te dire un éternel adieu.
O Mort! que ton image eſt afreuſe & terrible!
Que du monde au tombeau le paſſage eſt horrible!
Henri, qu'il eſt cruel d'aler en un inſtant
Du faîte du bonheur au goufre du néant!
Ce n'eſt pas que mon ame, à l'intérêt ouverte,
Des biens, que tu promis, déplore ici la perte;
Hélas! tu le ſais bien; contente de ta foi,
Gabrielle, en mourant, ne regrète que toi.

CHER Prince, cher Amant, la mort la plus barbare,
Quand l'amour nous unit, pour jamais nous ſépare:
Pour jamais.... juſte Ciel!... je ne te vérai plus:
Suſpendez un moment vos décrets abſolus,
Inflexible Deſtin, puiſſant Dieu que j'implore;
Permètez à mes yeux de le revoir encore.

Mais ç'en est fait : la force abandone mes sens ;
Je sucombe, ô mon Dieu, sous les maux que je sens.
Adieu : ma plume échape, & la mort, qui m'apelle,
S'aprête à m'enfermer sous la tombe éternelle.
Adieu : que mon trépas n'excite point tes pleurs,
Henri, mon cher Henri, je t'embrasse. . . . je meurs.

FIN.

CATALOGUE

Des Ouvrages de M. BLIN DE SAIN MORE, *qui ſe trouvent chez Sebaſtien Jorry.*

LETTRE de Biblis, à Caunus ſon frère, précédée d'une Lettre à l'Auteur & ornée d'Eſtampes & de Vignettes, deſſinées par MM. Gravelot & & gravées par MM. Aliamet & de Longueil. 1 l. 16 ſ.

LETTRE de Gabrielle d'Etrées à Henri IV. précédée d'une Epître à M. de Voltaire, & de ſa réponſe, ornée d'Eſtampes, &c. 1 l. 16 ſ.

LETTRE de Sapho à Phaon.

LETTRE de Calas à ſa femme.

Ces deux derniers Ouvrages paraîtront inceſſament, & ſeront auſſi ornés de Gravures.

www.ingramcontent.com/pod-product-compliance
Ingram Content Group UK Ltd.
Pitfield, Milton Keynes, MK11 3LW, UK
UKHW020415220726
13923UKWH00004B/1968